Hansel e Gretel

Hansel and Gretel

Retold by Manju Gregory

Illustrated by Jago

Era uma vez, há muito, muito tempo, um pobre lenhador que vivia com a sua mulher e os seus dois filhos. O rapaz chamava-se Hansel e a sua irmã, Gretel. Naqueles tempos, reinava na terra uma enorme e terrível fome. Uma noite, o marido virou-se para a mulher e suspirou: "Já não temos quase nada para comer."
"Ouve-me..." – disse-lhe a mulher. "Levamos os miúdos até à floresta e deixamo-los lá. Eles sabem tomar conta de si mesmos."
"Mas podem ser devorados por animais selvagens!" – exclamou o marido.
"E tu preferes que morramos todos?" – perguntou-lhe ela. E a mulher continuou a insistir, insistir, até ele concordar com ela.

Once upon a time, long ago, there lived a poor woodcutter with his wife and two children. The boy's name was Hansel and his sister's, Gretel. At this time a great and terrible famine had spread throughout the land. One evening the father turned to his wife and sighed, "There is scarcely enough bread to feed us."
"Listen to me," said his wife. "We will take the children into the wood and leave them there. They can take care of themselves."
"But they could be torn apart by wild beasts!" he cried.
"Do you want us all to die?" she said. And the man's wife went on and on and on, until he agreed.

Os dois meninos passaram a noite toda sem conseguir dormir, nervosos e cheios de fome.
Tinham ouvido tudo e Gretel tinha começado a chorar de aflição.
"Não te preocupes" – disse Hansel. "Acho que sei como é que nos havemos de salvar."
Foi em biquinhos dos pés até ao jardim. À luz da lua, no chão, junto ao caminho, imensas
pedrinhas pequeninas brilhavam como prata. Hansel encheu os bolsos de pedrinhas e
voltou para reconfortar a irmã.

The two children lay awake, restless and weak with hunger.
They had heard every word, and Gretel wept bitter tears.
"Don't worry," said Hansel, "I think I know how we can save ourselves."
He tiptoed out into the garden. Under the light of the moon, bright white pebbles shone like
silver coins on the pathway. Hansel filled his pockets with pebbles and returned to comfort
his sister.

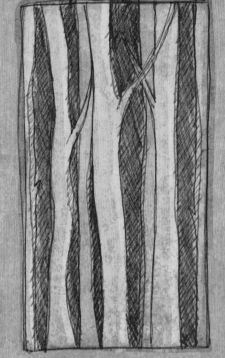

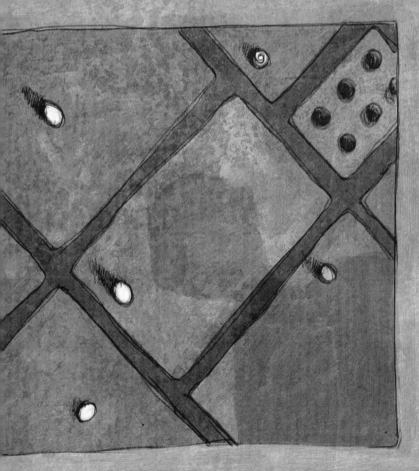

No dia seguinte de manhã, muito antes do nascer do sol, a mãe foi acordar Hansel e Gretel.

"Acordem, levantem-se, temos de ir à floresta. Aqui têm um bocado de pão para cada um, mas não o comam todo de uma vez."

Saíram os quatro de casa. Hansel ia parando de vez em quando e olhava para trás, na direcção da casa.

"O que é que estás a fazer?" – gritou-lhe o pai.

"Estou só a dizer adeus àquele gatinho branco que está sentado em cima do telhado."

"Baboseiras!" – respondeu a mãe. "Não sejas aldrabão. É só o sol da manhã a brilhar no cone da chaminé."

Em segredo, Hansel ia deixando cair as pedrinhas brancas ao longo do caminho.

Early next morning, even before sunrise, the mother shook Hansel and Gretel awake.

"Get up, we are going into the wood. Here's a piece of bread for each of you, but don't eat it all at once."

They all set off together. Hansel stopped every now and then and looked back towards his home.

"What are you doing?" shouted his father.

"Only waving goodbye to my little white cat who sits on the roof."

"Rubbish!" replied his mother. "Speak the truth. That is the morning sun shining on the chimney pot."

Secretly Hansel was dropping white pebbles along the pathway.

Embrenharam-se na floresta, onde os pais ajudaram os meninos a fazerem uma fogueira.

"Durmam aqui junto ao fogo, que há mais luz" – disse a mãe.

"E fiquem aí à espera que já cá virmos ter com vocês."

Hansel e Gretel ficaram sentados à fogueira e comeram os seus bocadinhos de pão. Pouco depois, adormeceram.

They reached the deep depths of the wood where the parents helped the children to build a fire.

"Sleep here as the flames burn bright," said their mother. "And make sure you wait until we come to fetch you."

Hansel and Gretel sat by the fire and ate their little pieces of bread. Soon they fell asleep.

Quando acordaram, a floresta estava escura como breu.
Gretel gritou assustada: "E agora, como é que voltamos para casa?"
"Esperamos pela lua cheia" – disse Hansel. "Dessa maneira vamos conseguir ver as pedrinhas brilharem."
Gretel viu a lua aparecer no céu. Deu a mão ao irmão e foram andando juntos, descobrindo o caminho seguindo as pedrinhas brilhantes.

When they awoke the woods were pitch black.
Gretel cried miserably, "How will we get home?"
"Just wait until the full moon rises," said Hansel. "Then we will see the shiny pebbles."
Gretel watched the darkness turn to moonlight. She held her brother's hand and together they walked, finding their way by the light of the glittering pebbles.

Era quase de manhã quando chegaram à cabana do lenhador.
Ao abrir a porta, a mãe gritou: "Porque é que dormiram tanto
tempo na floresta? Pensei que nunca mais voltassem."
Ela estava furiosa, mas o pai estava contente. Ele nunca teria
suportado tê-los deixado lá sozinhos.

E o tempo foi passando. A família continuava sem comida para todos.
Certa noite, Hansel e Gretel ouviram a mãe dizer: "As crianças têm de se ir embora.
Vamos levá-las para o meio da floresta. Desta vez não vão conseguir encontrar o
caminho de volta."
Hansel saiu de mansinho da cama para ir novamente apanhar pedrinhas, mas desta
vez a porta estava fechada à chave.
"Não chores" – disse a Gretel. "Hei-de ter outra ideia. Agora dorme."

Towards morning they reached the woodcutter's cottage.
As she opened the door their mother yelled, "Why have you slept so long in the woods?
I thought you were never coming home."
She was furious, but their father was happy. He had hated leaving them all alone.

Time passed. Still there was not enough food to feed the family.
One night Hansel and Gretel overheard their mother saying, "The children must go.
We will take them further into the woods. This time they will not find their way out."
Hansel crept from his bed to collect pebbles again but this time the door was locked.
"Don't cry," he told Gretel. "I will think of something. Go to sleep now."

No dia seguinte, com bocados de pão para a viagem ainda mais pequenos, as duas crianças foram levadas até às profundezas da floresta, onde nunca tinham estado antes. De vez em quando, Hansel ia deitando migalhas para o chão.

Os seus pais acenderam uma fogueira e mandaram-nos dormir. "Vamos cortar lenha e já cá voltamos quando tivermos acabado" – disse-lhes a mãe.

Gretel partilhou o pão com o irmão enquanto esperaram e esperaram. Mas os pais não voltaram.

"Assim que houver lua vamos conseguir ver as migalhas e encontramos o caminho de volta para casa" – disse Hansel.

Veio a lua mas as migalhas tinham desaparecido. Os pássaros e os animais da floresta tinham-nas comido todas.

The next day, with even smaller pieces of bread for their journey, the children were led to a place deep in the woods where they had never been before. Every now and then Hansel stopped and threw crumbs onto the ground.

Their parents lit a fire and told them to sleep. "We are going to cut wood, and will fetch you when the work is done," said their mother.

Gretel shared her bread with Hansel and they both waited and waited. But no one came.

"When the moon rises we'll see the crumbs of bread and find our way home," said Hansel.

The moon rose but the crumbs were gone.

The birds and animals of the wood had eaten every one.

"Descansa que vamos conseguir sair deste matagal" – disse Hansel.
As crianças andaram à procura do caminho de volta durante três
dias. Com fome e cansadas, alimentando-se apenas de bagas,
acabaram por se deitar a dormir debaixo de uma árvore.
Mais tarde, acordaram com o chilrear de um pássaro prateado.
Quando o pássaro levantou voo e se dirigiu para o interior da
floresta, as crianças seguiram-no, e acabaram por encontrar a casa
mais maravilhosa que alguma vez tinham visto.

"We will soon find our way out of this wilderness," said Hansel.
The children searched the woods for three days. Hungry and tired,
feeding only on berries, at last they lay down under a tree to sleep.
They were awakened by the sweet song of a silver white bird. When the
bird flew off into the forest the children followed, until they reached the
most wonderful house they had ever seen.

The walls were tiled with strawberry tarts,
the roof was made of chocolate hearts.
Around the windows were caramel frames
and the pathway was lined with candy canes.
"Now we can eat!" said Hansel and he bit off
a piece of the roof.
Suddenly, they heard a voice. "Jimney, Jimney,
who's that nibbling at my chimney?"
"It's the wind, it blows right in," they
answered, and went on eating.
All at once the door opened and a strange,
shrivelled woman appeared. Beyond her tiny
spectacles she had blood red eyes.
Hansel and Gretel were so frightened they
dropped their sweets.
"What brought you here, my dears?" she said.
"If it is hunger, then come and see what I
have for you."
She took them by the hand and led them
into her little house.

As paredes estavam cobertas de tartes de morango e o telhado era feito de corações de chocolate. Os caixilhos das janelas eram de caramelo e o caminho da entrada era feito de canas de rebuçado.

"Finalmente, comida!" – exclamou Hansel e arrancou à dentada um bocado do telhado. De repente, ouviram uma voz. "Olaré-laré, quem é que anda a ratar na minha chaminé?"

"É o vento que entra pela chaminé adentro" – responderam, e continuaram a comer.

A porta abriu-se de rompante e saiu da casa uma mulher muito estranha, toda enrugada. Por trás dos seus óculos minúsculos, viam-se uns olhos vermelhos de sangue.

Hansel e Gretel ficaram tão assustados que largaram logo os doces.

"O que é que vos trouxe aqui, meus queridos?" – perguntou ela. "Se foi a fome, entrem e vejam o que tenho preparado para vocês."

Levou-os pela mão para dentro da sua pequena casa.

Hansel e Gretel puderam comer muitas coisas boas! Maçãs e nozes, leite e panquecas com mel. Depois, deitaram-se em duas camas minúsculas, cobertas por um lençol de linho e dormiram como anjinhos.

Observando-os muito de perto, a mulher murmurou: "Estão os dois tão magrinhos. Tenham sonhos cor-de-rosa enquanto podem, porque amanhã vão começar os vossos pesadelos!"

Aquela estranha mulher, com uma casa comestível e quase míope, só tinha querido parecer simpática. Na verdade, tratava-se de uma bruxa malvada!

Hansel and Gretel were given all good things to eat! Apples and nuts, milk, and pancakes covered in honey.

Afterwards they lay down in two little beds covered with white linen and slept as though they were in heaven.

Peering closely at them, the woman said, "You're both so thin. Dream sweet dreams for now, for tomorrow your nightmares will begin!"

The strange woman with an edible house and poor eyesight had only pretended to be friendly. Really, she was a wicked witch!

Na manhã seguinte, a bruxa malvada pegou em Hansel e atirou-o para dentro de uma jaula.
Preso e aterrorizado, começou a gritar por socorro.
Gretel apareceu a correr. "O que é que está a fazer ao meu irmão?" – perguntou assustada.
A bruxa começou-se a rir, revirando os seus olhos vermelhos. "Vou engordá-lo até ficar pronto para se comer" – respondeu. "E tu vais-me ajudar, minha pequena."
Gretel estava aterrorizada.
Foi metida na cozinha, onde preparou toneladas de comida para o irmão.
Mas o seu irmão não queria engordar.

In the morning the evil witch seized Hansel and shoved him into a cage. Trapped and terrified he screamed for help.
Gretel came running. "What are you doing to my brother?" she cried.
The witch laughed and rolled her blood red eyes.
"I'm getting him ready to eat," she replied. "And you're going to help me, young child."
Gretel was horrified.
She was sent to work in the witch's kitchen where she prepared great helpings of food for her brother.
But her brother refused to get fat.

A bruxa ia visitar Hansel todos os dias. "Deixa-me ver o teu dedo" – ordenava – "para ver se já estás bem gordinho!"
Hansel punha de fora um osso da sorte que tinha guardado no bolso. A bruxa, que, como se sabe, via muito mal, não conseguia perceber como é que o rapazinho continuava magro como um palito.
Ao fim de três semanas, a bruxa perdeu a paciência.
"Gretel, vai buscar lenha, e despacha-te, que vamos pôr este rapazinho na panela" – disse a bruxa.

The witch visited Hansel every day. "Stick out your finger," she snapped. "So I can feel how plump you are!"
Hansel poked out a lucky wishbone he'd kept in his pocket. The witch, who as you know had very poor eyesight, just couldn't understand why the boy stayed boney thin.
After three weeks she lost her patience.
"Gretel, fetch the wood and hurry up, we're going to get that boy in the cooking pot," said the witch.

Gretel foi deitando lentamente lenha para o forno.

A bruxa estava impaciente. "O forno já deve estar pronto. Entra lá para dentro para ver se está quente o suficiente!" – gritou-lhe.

Gretel sabia muito bem o que a bruxa queria. "Não sei fazer isso" – respondeu.

"Que miúda mais parva!" – gritou a bruxa enraivecida. "A porta é bastante grande, até eu lá consigo entrar!"

E para o provar, meteu a cabeça lá dentro.

Gretel, veloz como um relâmpago, empurrou a bruxa para dentro do forno.

Fechou e trancou a porta de ferro e foi ter com Hansel a gritar entusiasmada.

"A bruxa morreu! A bruxa morreu! Adeus bruxa malvada!"

Gretel slowly stoked the fire for the wood-burning oven.

The witch became impatient. "That oven should be ready by now. Get inside and see if it's hot enough!" she screamed.

Gretel knew exactly what the witch had in mind. "I don't know how," she said.

"Idiot, you idiot girl!" the witch ranted. "The door is wide enough, even I can get inside!"

And to prove it she stuck her head right in.

Quick as lightning, Gretel pushed the rest of the witch into the burning oven. She shut and bolted the iron door and ran to Hansel shouting: "The witch is dead! The witch is dead! That's the end of the wicked witch!"

Hansel atirou-se da jaula como um pássaro em voo.

Hansel sprang from the cage like a bird in flight.

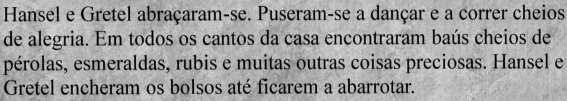

Hansel e Gretel abraçaram-se. Puseram-se a dançar e a correr cheios de alegria. Em todos os cantos da casa encontraram baús cheios de pérolas, esmeraldas, rubis e muitas outras coisas preciosas. Hansel e Gretel encheram os bolsos até ficarem a abarrotar.
"Temos tesouros deslumbrantes, mas como é que conseguimos sair da floresta?" – suspirou Gretel.
"Não te preocupes, que juntos havemos de encontrar o caminho para casa" – confortou-a Hansel.

Hansel and Gretel hugged each other. They danced and sang and ran around with joy. In every corner they found treasure chests filled with pearls, emeralds, rubies and all kinds of worldly precious things. Hansel and Gretel filled their pockets to overflowing.
"We have wondrous treasures, but how do we escape from the wild wood?" sighed Gretel.
"Don't worry, together we will find our way home," said Hansel.

Três horas mais tarde deram com um curso de água.

"Não o vamos conseguir atravessar" – disse Hansel. "Não temos barco, não há nenhuma ponte, só água azul cristalina."

"Olha! Ali, em cima daquelas ondas, um pato branco a nadar" – disse Gretel. "Pode ser que ele nos possa ajudar."

Cantaram os dois em coro: "Patinho de asas brancas a reluzir, será que nos podes ouvir.

As águas são fundas e o rio é largo, será que nos podes levar até ao outro lado?"

O pato nadou até eles e atravessou o rio, primeiro com Hansel e depois com Gretel.

Chegados à outra margem encontraram um mundo que lhes era familiar.

After three hours they came upon a stretch of water.

"We cannot cross," said Hansel. "There's no boat, no bridge, just clear blue water."

"Look! Over the ripples, a pure white duck is sailing," said Gretel. "Maybe he can help us."

Together they sang: "Little duck whose white wings glisten, please listen.

The water is deep, the water is wide, could you carry us across to the other side?"

The duck swam towards them and carried first Hansel and then Gretel safely across the water.

On the other side they met a familiar world.

Passo a passo, encontraram o caminho de volta ate à cabana do lenhador.
"Já estamos outra vez em casa!" – exclamaram as crianças.
O pai sorriu de orelha a orelha. "Não tive nem um só momento de alegria desde que vocês
se foram embora" – disse. "Andei à vossa procura por toda a parte..."

Step by step, they found their way back to the woodcutter's cottage.
"We're home!" the children shouted.
Their father beamed from ear to ear. "I haven't spent one happy moment since you've been gone," he said.
"I searched, everywhere..."

"E a nossa mãe?"
"Foi-se embora! Como não tínhamos comida, saiu porta fora num turbilhão e disse que nunca mais a voltava a ver. Agora somos só nós os três."
"E as nossas pedras preciosas" – disse Hansel, tirando do bolso uma pérola da cor da neve.
"Pois..." – disse-lhes o pai – "parece que os nossos problemas se acabaram!"

"And Mother?"
"She's gone! When there was nothing left to eat she stormed out saying I would never see her again. Now there are just the three of us."
"And our precious gems," said Hansel as he slipped a hand into his pocket and produced a snow white pearl.
"Well," said their father, "it seems all our problems are at an end!"